新陆诗丛·中国卷

楚尘文化

北京楚尘文化传媒有限公司 出品

新陆诗丛·中国卷

周亚平

致龌龊司机

重庆大学出版社

目 录

致龌龊司机

他一人试图扮成人民

我经常纳闷儿看到人们在黑暗中抓拍到的他的明亮的脸。

他帅极了。

而我的确知道他的黑暗。

而我的确知道他身后的黑暗其实，一点也不黑。

站在比你白的地方你就得黑些

我慎用我的想象力防止我

成为一个抒情诗人。

一个女人螺旋样潜入水底假如

她还幻想见到阳光那么

她不是卖萌就是卖了

其他什么

由截联系到双截棍

我的对手显然是勇士。而我贬损勇士的办法
首先是把他想象成一个胖子

他的头发如金似银，很薄，鬓角簪着花朵
花朵是早晨的一枚（我奖励他先我老去

10 年）10 年是一截。另一截则留于
黑色的街头巷尾，我是一流浪汉

我的长处是我能倒立于一粒足球之上肮脏的
衣衫再也不能刻意掩饰我多毛的大腿

当然。爱人（杀人）的勇气已过去了

许多年

空间

我数了数

1、2、3、4、5

五棵树

我又数了数

从 1 数到 7

七盏灯

只有我一个

是躺下的

感知

有几种人
是喜欢手枪的

（而不是玩手枪）

我长时期注意观察并不能
正常得出一个结论（因为

一把手枪不能够
正常地在人间）

直到刚刚交往的一个女孩
她说“女孩都喜欢手枪”
特别强调，美女

就更爱手枪

我很惊讶，
仍不能确认。

三元桥

在地铁上。一个女子在给她的母亲打电话。
“你卖了吗？”
“你卖了吗？”

她不断地询问“你卖了吗？”
列车经过了十站，她仍然
“你卖了吗？”

女子无视我
也无视她的妈妈，但我

很喜欢。[阴险]

写诗要看风向标

我研究诗歌与胡话的关系时
艾略特在休息
庞德也在休息

更别说泰戈尔了

两种声音曾经并置

我留意观察，到下午 4 点我已打到第 6 个喷嚏
这是连续多日最少的一天。

3 点半时，我曾心脏悸动，
却是我今年的第一次

我想过，是不是我不再写诗了。

他妈的别扯什么通感

我用望远镜，看，看到一个声音。我身边的人都紧张到窒息！

其实对方的外阴部分是保守的，它并不在北京的冬天……

砂砾刮过丰收的田垄

我现在迈出的一大步是真正的一大步

有普通人的两步大

也有你的两步大

而我的后腿是可以飞的

它是一只飞鸟可以一头撞上我的屁股

而我的屁股

它虽然是海上的飞船

也乐于现在

在天上飞

用死吓唬人现在都不管用

“我想为枕头而歌唱！”

这是一位朋友出的题目。我说我

写不了。

“为什么？”

“我看过 100 个死去人的照片

没有 1 个是躺在枕头上的。”

朋友说你真能装啊我还是要

为枕头而歌唱。

雅典娜

有一个女孩儿像电线杆一样

她中午在那儿

下午在那儿

晚上也在那儿

多数时间里你都没在意

……

继续假装雅典娜

一人睡在冬天里，当然必须睡着。

一人睡在夏天里，当然必须没睡着。

理论上她们身后的海水是一样的。现在
冬天的海水要软一些，这一点
我不明白
……

头型就是一只眼睛的形状

我形容一个美女的头像鸭头，美得不得了
这又触犯了你的阅读。

我让这个脑袋通上电
深夜也明晃晃的。

有一只英俊的狼狗
始终都盯着她却没有像往常一样
发出呼哧呼哧的声音。

拼脸

拼脸。又

不想拼得太假。
取了个爱克斯光效果以为就最真实。

又取了些像梦一样的人
死拼，以为就能拼出最好的
梦想。

结果是：在他们的鼻翼或眼缝间不是
飞起纸片就是流下
白奶

拼脸 2

我又玩弄了技术。被玩弄的技术是
理想主义的。

眼前就是一望远镜，它被搁置在楼顶而不是
山顶，露台上。

10 个女子披上了婚纱，除了开花的袖口外
她们头顶白云好似走着
蓝地毯。

现在她们庄严的时刻到了。从
第 1 个开始，你们必须缩小而不是
睁大了眼睛，从
望远镜望过去

第 10 个心急如焚。幸福

或许会被先排队的攫取。

拼脸 3

这是一个恶心的词汇。一个拳击手为此
打了 50 场以上的练习。

到了他正式比赛的时候他才知道了
苦楚。他的下身比他的脑袋
先流了血。

拼脸 4

一辆小汽车里装满了纸箱、木板和
螺丝刀，应该是下午刚刚
废弃的。

我问，这么小的地方怎么做？指的是做爱。

她说："你没住过冰箱吗？嚯。和咸肉
鱼、豆腐住在一起？嚯。"

我想了想曾经住过的营房那
日光灯管

既是蓝天又是
乳房。

拼脸 5

因一幅另一个人的肖像引发了我的
忧虑。我不知道我死后
会被人画成什么样子。

我的嘴唇不红，但有可能被画成了大红
最有可能又是大嘴像
今天的快餐。

我身上的确有香蕉，围着胸口
有一圈。

但我死前已吃到最后一根。

拼脸 6

我有幸看到一种烟从地下升腾起
到地面形成了蘑菇的形状

云的联想能力把它叫做蘑菇云

事实上它就是黑云
与蘑菇没有关系。

换句话说，事实上我也是
不幸的。

拼脸 7

国家有没有可能制定一个政策，当然
这是我瞎想的，即：每人都必须
携带一只动物

最好是把这些动物
都装在布袋里，当然
布袋的大小
由个人定。

根据经验统计，狗在所有的动物中
会被优选。

许多国家已经这样了。

拼脸 8

街道上的人喜欢说虽然虽然

但街道的精髓仍在

我不同意。

我经常记起停放在街头的灵柩如今

街头上已经没有。

拼脸 9

我不爱蒙娜丽莎，尽管你们给她画了胡子我
还是不爱。

普遍产生的问题都来自于她的笑
我觉得并没有问题。
有一位医生推测她怀孕了这很无聊。
有一位人类学家觉得她吃得太饱更是无趣。

那一年我站在她面前时立即认为：
她不该仅为 77 x 53cm，
而应 770 x 530cm。

艳丽

我是个奇怪的人，我就会看到奇怪的事物。
“是否？”这不，我便看到了一只艳丽的鸟
撞到了一扇古老的门上。也就是说，
我撞上了历史或墙？

这是什么逻辑？一个女子，她的发髻是红的
她的鞋跟是红的、她的嘴唇是红的，她的坤包
也是红的。我自以为已经数出了她全部的红，
她打开了坤包，竟又飞出一只艳丽的鸟
也是红的。

也就是说，我在给历史或诗的历史添乱？

我并非在魔术的表演场中，我只在我的卧室。

我只看到了这些鸟在迅捷地飞翔，只看到了他们
快要掉落的瞬间。可能按捺不住，可能已经碰撞。
我的墙壁纸上画满仿佛麦穗的树枝，
没有一株能承载这些鲜艳的重量。

有人并不研究我在“做什么”？但他将诘问
我为什么写看不懂的诗？我看不懂无数的鸟
便罢了，但我也看不懂一个浓妆艳抹的女人
她并不因为我的描述而变得神秘可怖，
却反而魅极了。

鸟儿是向着她飞去的。
鸟儿因为她而全部沉重地撞在沉重上。

我变成了一个傻子，鸟儿的翅膀好似一个巴掌
打在我的胸毛上。我正襟危坐，我双手悬持蓝旧的扑克
我身前的小鹿，也高擎了敏锐的双耳
等待正面的故事发生

我一次次对诗歌犯下过错，我一次次忽略了伟大时代
的存在。我有一个感觉，只要我此刻一个腾跃
还会从我富丽的坐椅下飞出挣扎到死的鸟儿来

我除了洋葱还有闪电事情就是这么拽

直到搞清楚迷笛与草莓是两个音乐节
音乐节就散了。留下了一些垃圾
我却很开心（开心不开心艺术家们说
怪你屁事怪一个写诗的屁事。）

而我正在为钟童茜写歌，我研究了北京的 5 月
风沙逼人，我决定把歌也要写到你闭眼
豪情顺着你的长发往后飞

（飞死。）

可我又怕抒情。在我弄不懂艺术的情况下
我设法先搞清人的口腔，如此

我在亲朋好友中请了 10 余人让他们
张开大嘴看每位口腔的深度
越深越黑这是我预知的但有 1 人是一丫头

遥远处有闪电。

(我并非故弄玄虚)

甜心

波浪，如果它是一块布我喜欢

它穿在女人的身上

假设我是一名裁缝，我必须和隔壁那傻逼

不同。想一个小女孩

他把诗当作烟

抽了好几回。

甜心 2

他的不适也引起了我的不适。这个

小小的女孩穿了一身的鸡毛
就是真正的鸡毛那种

如果下了雨，她该如何办偏偏

在晚霞中她美得
像朝霞。

凌乱

你如果真是乘风归去的话，那你就是一具
鬼魅。

而且，风还是
无色的。

凌乱 2

她在不犯困的时候。昏睡了过去。裸体已经谈不上

美不美。

她在昏天黑地的时候，却圆睁着双眼。像翟永明

总有一刻是美的。

欢欣

人有很多种快乐的方式，不要以为只有一种。(包括它身体的部位)

他的右手不快乐时，
他的左腿却是快乐的。

欢欣 2

一个男孩儿能不能像一个女孩儿
那样快乐，比如说他

能不能迷恋自己的身体而
不受到指责比如说

他臀部的线条也能顺流而下。

允许

一个亲吻。

从最初的油彩吻到只剩下铅笔了。

第三代诗人该死的
必死。

排练

谁已经很长时间

没有机会

消失在滚滚的

人流中

这些龟儿子!

今天的聚会将会

在一个更大的浴缸

浴缸有 1 号

2 号

3 号

4 号

5 号

6 号

7 号

8 号

8 个门

你只是人流中一个微不足道的儿子

虽然浴缸中也只有一个

(

却是个大的。)

不带欢愉的和谐合作

铺一张餐桌，用了一幅巨大的白布。

铺一张大床，用了一幅巨大的白布。

铺一张手术台，用了一幅巨大的白布。

实际上，包裹一个女人，仅需用一幅巨大的白布。

谁想与我一起分享皮囊的价值?

我写一个人我要从她的皮囊写起，别急

我终究会写到她的心。

没有人喜欢从皮囊写起偏偏我对她的皮囊产生了兴趣。

混淆

我喜欢在一个摄制组的状态。其实，我的小伙伴们都是一些很浅显的家伙。他们背负一些铁制的东西，无羞无臊地往人群里钻。我这就记起了许多摄制的历史，比如我们到了摩洛哥，哥们儿同样无羞无臊地往人群里钻，往祈祷的人群里钻、往一个密不透气的集体念想里钻。他们以为端着摄像头，就是一尾鲸鱼。

他们更以为打着灯，就是自己比别人多长了只眼睛。

混淆 2

阿门！我们要拍金字塔。女士说，我们不希望你们拍金字塔。我们说我们来到埃及就是要拍金字塔。我们让她环顾一下我们的阵容：机器、铁皮、普通人工、大师 、各种支架。她说，要这个干什么？她指的是灯具。一长排，有若干。我们说要照明。

她笑了笑：今天有雾霾，金字塔也不发光。

阿门。灯光师说这次来对了。

语言之条规

昨天晚上我数了数这张照片上的人，是 29 个。

今天我重新数时，是 30 个。

我有点纠结有否必要再数一遍或者

我今天上午为何要重数一遍。

维特根斯坦是哪一个，前排或后排

我也不想知道了。

没有了昨晚鲜艳的感觉这很糟糕。

我甚至想到这照片上的人全是死人

昨晚我还想忝列其中

找到一个空位。

如果到了今天

我岂不也死了。

从美术馆到音乐厅

我不喜欢傻逼深沉到像尊静物。

如果你被迫截了肢。如果你是一退伍兵。那就算了，

我不可能把你带到盒子里去。

海洋馆一天绿到底

一个夏天我们追逐女人都有了犯罪的感觉。

像匹公马被熄了灯全身都镶嵌了霓虹。

而女子徜徉于海洋馆中
母女 2 代都绿成水晶了。

一个女子握了柄枪你就允了她吧！！

要不然。你就听下去：

“她甚至没有去看一眼，她的女儿是否还活着”

“他总对我说，看看你让我做了些什么”

“我一直以为他会变的”

“没有目击证人愿意帮助我”

“我感到仿佛被深深地刺了一刀”

“我曾经是一个受害者，但现在不是”

“我只是站在那里，拿着一锅开水，打算朝他泼过去”

“我请求他原谅我惹他打我”

“弗朗西斯科从他那一起生活了26年的妻子身上碾过了五次”

“听起来，好像有人在往墙上砸东西”

“不要，爸爸，别杀妈妈”

“我向阿拉祈愿，别让女人生在这个国家”

“我已经怀孕了，害怕被抛弃”

“她已经多少年没有朋友了，总是一个人喝酒”

“他们把我撵到医院外”

“我不想停止仇恨，这是我的权利”

“唱歌曾与痛苦、暴力和恐惧相伴”

“我对自己也沦落到这种境地感到羞耻”

“他洗心革面，我爱这个新生的男人”

“从来没有这么糟过”

从 80 页到 103 页，她们说的，我一个字也没落下……[衰]

1 个诗记录：今天我说这些别无他意，只是感慨当初失去了多少抚摸他人丰乳肥臀的机会

“我最尊重乐队中的大提琴。因为我不认为
它是雕虫小技、是小乐器。

“而我打小混乐队之时便认为
只有小号手可以与大提琴相提并论
别提那大提琴手有多女性美了

“散了场。乐队就是一搬运的队伍
我是小号手看上去有点游手好闲

“但我会积极地帮助搬运大提琴
大提琴在我肩上像一张课桌

一根大梁而且我总是冲到

乐队的前面。”

反 1 号

我不明白，许多坏诗人
为什么攫取了那么大的声名？

“因为他利用了人民的深刻”，
有一天我终于想明白了。

想明白后我必须耐心等待
人民的肤浅。

反 1 号 2

好诗人和坏诗人的博弈就像这个世界好人和坏人的博弈一样，必然有好有坏。

坏人已经有界定了
你却还不能把坏诗人
戴上手铐。

缺少性的身体会耽搁在墙头

一个人有没有语感，就看他会不会翻墙？

翻墙，有各种各样的翻。

有的人翻不过去，就像我熟悉的一位女诗人。

我要干什么才能完成这个镜头？

我不像是活在现实中的，
我像是活在舞台上的。

我不像是活在女人中的，
我像是活在男人中的。

我不像是活在新世纪的，
我像是活在默片时代的。

我不像是写长诗的，
我像是写短诗的。

我能认识一个橡皮宝贝，已很好

下午。由于讨论到时间，这就讨论到诗歌。有人说，你必须参加一个关于时间的诗歌朗诵会。行，我参加了。我承认我有些屌里屌气，背景像她的臀部一样挺、一样黑，却黑得更大，我走到麦克风前，双手交叉抱于前胸，我打了个哈欠便下台了。这就算我的朗诵。

我是冲她而来的，我不知道能否和她结成一个佳话？不，我不知道有否必要和她结成佳话？她的装束过于简洁，如同麦克风一样，她是她自己的金属。黑，的确能 Hold 住我。

时间只是一堵墙，无所事事的我靠上去，才显得虚无。我是在诗歌上混的，她在时间上混，混得更好。我想，她应当是所有著名品牌的代言人，永远没有真相。诗人要泡，就要泡这样的女人。

而事实上，我被泡了。

1、压根儿没有一个关于时间的诗歌朗诵会；

2、没有一个因诗而存在的风华绝代；

3、我能认识一个橡皮宝贝，已很好。

G113 次

我在火车上。

我醒来时已经过了 3 个省。

(路上的一切我写不来)

而大约只有几秒钟一个巴黎的女郎

沉淀在我的梦中她就在火车上

和我睡了整整一个下午。

而我并非是去到法国的

德州东站

诗是这样一种东西你如果不想它
它也会落在我们的后面。

你要回去就得一买票
二重新安排时间

你必须是个富人不要轻言与物质无关。

最好的和最坏的

一张大床，在室外，
室外在一张昏黄的灯光下。

一张人脸也没有，
浴巾纹丝不冲动。

最好的和最坏的 2

门口就一盏灯，

门口的灯还未点亮。

门口的灯被罩在黑暗里，

门口的其余部分比灯还明亮。

笨拙的飞行，我郁闷

消费主义横行，而我们必须“拥有它”，这也是我诗歌的
　　观点
此刻，我的后座，一个操持唐山口音的女人，硕大、结实
她的声音已经撑满了半架飞机，她和我一样，即将飞到彩
　　云之南
在瑞丽，她会用掉更多的空气、更多玉

我“同意”。如是，她能够化成美人鱼，则更好。

笨拙的飞行，我郁闷 2

如是。

我能化成什么、你能化成什么、她又能化成什么？

我也设想了三个方案：她将纵身一跳，不是去云端，

就是到山谷（她不可能跳回唐山）。

此为性的幻想：你背靠背站着，自己和自己背靠背站着，

　　你有能力

变作两个人。而我，一个模特儿，戴了眼罩

只是站在飞机的舷窗上。

北京市的互相交换

1

我用衣架，把我的衣服

挂在城墙上。衣服和城墙间

并无空隙，但墙上还是多了一道

阴影。我是一具裸体

平躺在对面的金水河里

也是安静的婴儿

躺在白板上

2

有一只电扇，吹过左面

又吹过左面一点

又吹过左面一点点

留下一具脏肺

像风沙刚刚刮过墨水

3

在广场上。也有

幻觉，冰川像莲花在冬天

开放，一个幻觉向前

小心翼翼地，走了一步

另一个幻觉也小心翼翼地向前

走了一步而

后面的幻觉

是灰色的

4

灯具，像担架一样

被拆在路边，现在

不是华灯初上的时候

我怎么这么喜欢

生命停止呼吸。

5

在北京最重要的追寻是寂寞。

假如天坛灭了。

假如地坛灭了。

假如月坛灭了。

我指的是，灯火灭了。

6

把自己活成画像，椅子的正面反面

都是。

7

没有一个怪人。即使有一个怪人

也是李小龙。即使有一个李小龙

也是外地的李小龙。即使有一个外地的

李小龙，他也是滑稽着
口衔黑色的玫瑰。

8

世界变了。男扮女装。多好。

猫眼里对接的再也不是目光，而是舌头。

9

而北京，并不能在诗里活下去

也正如诗人不能在北京活下去

人们把我排版在纸的下方

看雾、看裸体、看抽象

北京走在大烟囱的铁梯上，她也学会了

扭捏。

10

尽管她

已不能

脱了彩色

后来我知道，那里是科罗拉多州

马年有许多人在过。美国人徐贞敏在江苏省句容县过。此地叫黄梅村，它诞生过徐的先生，此地就同样属于徐。马年，中国人容易属马，据说，黄梅村很快就要开发成开发区。徐贞敏不满，出现在她眼中的第 1 幅景象，即中国的江南就要泯灭了。

轮胎将要飞上空地。它是一个又黑又大的奇迹。它滚动的时候，有光，甚至于三道、五道。它把空地照耀得像条河流，句容县黄梅村有福了，也有石油。徐是诗人，她只知道油菜花，却不明白石油。哪一种油能够使黄梅村更健全，一个美国人的不满不能不算。

呵呵，美国也有一个村庄，或许也在江苏省句容县，有人也曾策马驶过，它叫最后的机会。摄影家把它拍得很郁闷，风云也变幻。这个村庄今天唤起了我的向往，我想2014年去看看。

呵呵，我利用一首诗的机会，（再次）诠释了我无所事事的人生动机。

（实际上，我想在美国看看徐贞敏。不能说）

我不迷信，但我要记下一个梦境以后世界发大水或干旱，我都会先想着恒河

我没有去过恒河，据说
那里已经很脏了。但你们
仍然崇拜它的圣洁。

去或者不去，我没有
明确的想法。即便是去了
不知道是看脏
还是看圣洁

昨晚做梦，做到恒河
这条河横亘在我的床上
流淌了很长时间。一个男人

站立河中，面对一条水牛
说了不下一小时的话。

说些什么我记不得了
我只记得还有另一条水牛
在旁边，低头默默
也有一小时。

也

A、大黄鸭，在我昨天的晚上叫了一晚。

B、好几次我用窗帘包住了它的头却
包不住它的心。

C、我唤来了四只狗，整齐地立于它的心前。它们互相望了望，谁也没动第一口。

D、大黄鸭凭什么？人爱你狗也
爱你！

不也

我把我的嘴封闭了好多天，不是
我不想说话而是
封闭了嘴的这只喇叭
太迷人

它可能会发出比我的声音
更迷人的尖叫但我
没有尝试以至

这只喇叭
挂在我的嘴上就像挂在
墙壁上

(一只鲜藕，从绿直到了黑)

“呵鲜藕！”一个农业产品
并未完成对我的

救赎。她的身上不也缠满了

各色胶带

她好几次询问我周先生

在飞机上我是写过一些诗
但今天发生了一些变化
变化不在于诗本身，在于我
错过了好几架飞机还
写不写诗？

你是说，我沮丧了就该去死？

死这个字儿不能随便说
我写下了这个字便立即用手
捂住这个字，空姐
王思懿没有看见
这个死，她更不会想到
其他的死

总的说来她如此美丽

必吉祥。

一个女制服

10 号线出了事故
我到南京后大肆渲染
仿佛只有北京市的事故
才叫事故

“一个女制服她又矮、又粗、又胖
这是只有在首都才能看到的景象”

一个押韵的句子我读了
好几遍给大家听

老韩和老杨只对这个女制服
从车头一路狂奔到车尾
是完全奔跑的那种有兴趣

没人对我的惊魂未定感到忧伤

包括小鲍和何袜皮。

祝贺你！

我在北京

西老师在南京

我在机场

西老师在饭店

西老师是善意的

由于我的误机

她的电话一直打到我

重新登机

直到空姐她叫王思懿

让我关机我才记起了我的手机

由于故障已经关闭不了

我商请

空姐代为保管我的手机

说了半天好话王空表示同意

听到了这一切西老师

发来最后一个短信

“祝贺你！”

我有好多叫兔子的朋友今天来了一男的

他以为他骑到了窗格后面他就不屌?

他骑在车上

他把双腿蹲在车座上

他像个小偷在窗格里已经玩了半天的杂耍了。

为什么说他像小偷?只因

他把自己塑造成兔子。

我觉着很屌!

我有好多叫兔子的朋友今天来了一男的 2

诗不能随便写，但我仍然犯随便的错误。

我把脸贴在墙上时间长了你就会
看见我的骷髅，但你猛然看的时候

你以为是你的骷髅并且你比
看到失望还失望。

这也很屌。

瓜

一个女人魅还是三个女人魅?

后者取决于三个女人的距离而前者

取决于她和我的距离。但今晚
这个问题是无效的，面前有
两个女人。

不好吃

我不想看得清晰，我才把气球
看成鸡蛋。

“你不写现实主义的诗，就是一条鱼
在追逐墨水！”

有趣的呵斥。但我这条鱼
他们不想杀了吃。

死牛逼

睡了。他把自己搞得很有形式感
的样子，实际上是别人帮助了他

他才牛逼哄哄地睡那么高！

睡得高才叫“死”吗？

没话找话

“做了个梦”，他说他把他的头
“做成一尊雕塑了。”

我问，“雕塑是泥塑的，还是石膏的？”

他说“有区别吗？记不得了？”

我又问，“是在架子上，还是在黑背景中？”

他吓了一跳：“什么意思？”

(其实，我就是瞎问。)

裤子入诗

裤子如果套在手臂上那
就得爬行那
“也没有什么不好？”

他犹豫了很长时间。

犹豫的时候他的头已
变成兽头

但他自己看不见还以为
羊头长在别人
那里。

分行非分娩

我已不习惯写通常的分行就像
我已习惯在黑暗中看书

他说，“这个像不像。”

我也没甚办法。黑暗中
已有好多字被涂得漆黑

我还是能在黑暗中看书

追忆意象派

大叶子开在大牙齿上，又是胡说
而我觉着胡说“好啊！”

大叶子在上面一副
阔绰的景象有一些

白色的句点
也是小果实

门又关着狗已叫唤上了

假如我和一个人斗气而产生了奔跑
假如这个奔跑只是在一间屋子里这

个奔跑是无意义的。

参加一个朋友他爸的追悼会

我在什么时候低下头去

眼噙泪水，在

我的身体满溢时。我的身体满溢

的时候，即便一身宽阔的西服

也显得紧绷绷

它如果是黑的，又把我的脸

衬得很小。

力求

我写怪诗就像
你在梦中下棋

事实上你在梦中根本就没下棋
在你叙述时你说

“我在梦中踢了求。”

求为何球?

这也不妨碍
我们在奋力
中的各种怪

使用

对边缘生活的重视引起了我的

重视。

边缘是否世界的边缘抑或

我附近生活的边缘

边缘是否有人他或她

所面对的现场

是木制的还是铁器制造

绿化显然不是最好的选择此时

你试着投掷无论神马

它，都叫东西。

原材料不断经过小刀

天下有许多管道，书也有许多
人们对管道的理解往往是对金属的理解
我不认为。

我对女人说：“赶快睡吧！要珍惜点。”
她说你说的珍惜仿佛是
“珍惜粮食”。

有一本书搁在我面前
已经有一个多月，我无心读它
它也只顾自己的游戏

有一条红色的管道从左至右
当她下垂到一个女王时

蓝水弄脏了之前的

一切。

国王一生都在试图变成女孩

写动感情的诗，我不知道怎么写
我让两个男生搞一搞你们不同意
男生的睫毛已经弄长了并且他已
闭上了双眼，只等那惊心的一吻

很遗憾上午我又写了愤怒的诗

你能否成为诗人

取决于这个国家的天才因素

这个国家是个天才

你必是天才

……

还能莺歌燕舞。

时间全白两眼全黑像个脸谱

坐在

草地里

坐了

很长时间

都坐

黄了，我说的

不是草地

是人

站在

墙上

站了

很长时间

都撕碎了

我说的

不是

墙，也是

人

但他们

仍是

生动的部分

时间全白

眼睛漆黑

像

脸谱

我习惯

于在草地外

在墙下

不只一次

偷欢。

眼泪差点流下来

一副白骨离仙女儿最近。

我这才有了勇气面对彩色，下面有仙池
上面有仙人境。

而你看我是陌生的，虽然
这里只看到你的后背
而谁都会看到

我发怵的
两眼。

去年在马里安巴

我的到访，没有获得
预期的效果

在楼梯口
五个戴墨镜的睡眠

已经在楼梯口。

给戏剧生讲课

怀疑，是一个令人生疑的词汇

整整一个晚上你看着这个词汇，仿佛看着
怀疑，一个令人生疑的词汇。

你怀疑怀疑，最后怀疑到衣服
看来是无趣了

但是还有一把剪子。

死人的早晨

这早晨我背驮了这世界。

这世界除了它的肋部，漆黑得
都发亮

我紧紧地包裹了头套只露出一只耳朵
怎么看都像一头豹子

这早晨，我背驮这世界
只是为了骑上它

我骑上它也只因为
这黑夜后的光明

还没升起。现在

我就更像一头豹子。

我睡诗了

我睡诗了。

是一场酣睡。

我是一个黑色人，投下的

阴影却是红色的。

我左手插口袋

右手提枪

别人觉得我柱了

手杖。

我和你

分裂的形象在我身上分时间
进行分形状，进行

这就叫症状。

奔跑有各种方式，速度、颜色以及
背景中的街道。
有拿着枪的

尽管枪口向下

尽管我期望的眼神在黑色中
像带血的手

紧紧握着

半截手。

提醒

我想养个人工鸟，但它
看不出是人工的却又是人工的。

即我喜欢假装的哲学。

人工鸟可以飞很远但我要假装
不知它能够飞多远。

它经历了风雨
回来时它只留下了
金属的外壳

像飞机的那种又像
在天上飞的，汽车那种。

轻侮

诗从源头出发？我又冒出了一个
不伦不类的语言。

一个，也不伦不类。

源头是大腿还是高原，是江水还是情欲
人们找不到语言的关系，于是

来到剧场聚集。
如今大家都有手机了
都可以像个导演或像个摄影

阿甘，在中国人眼里就是个

白痴。十月在阿甘眼中，就是

个

狗日子。

V

轰炸成了一种生活常态。

假如轰炸成了一种生活常态
人们会听到更多呼喊也会
看到更多沉默

而我则会
把诗歌写回去

在街头。诗成为婊子了
多爽。

透

在黑暗中写诗。我又告诉了你

我的一个怪癖

但我可以视全部打开的灯光

为黑暗，这一点你做不到

在黑暗中你必须有训练

你能看到赤裸也有衣衫

你能看到交易但别只

看到你们熟稔的一种

我只是说，像

普通超市的那一种。

损伤

我喜欢

听罪恶

而不需要闭眼

由于这是在屋子里

并且是黑屋

你只能

看到自己

怜悯的念头

我喜欢

听罪恶

圆睁了眼

其实什么也

看不见

人横铺着

手脚已耷拉到地面

肢体上

绣满了不知

是油漆，还是

蜜。

狠劲儿

有一种巨大的形状，会迫使我
站立起来看它。

有一种巨大的嘶鸣，会迫使我
站立起来看它。

我的站立源于它，首先是站立的。

同时源于所有人都已
闭嘴半天了。

第一次写傻鸟

小丑飞过庄严

其实，它永远都不会飞过

它只停留在庄严的上空
并且幻化出几个
对称地。像焰火
像热情的、洗干净的
傻鸟

庄严也装着耸立着，露出
半身、头顶的部分。它愿意
顶着傻鸟却唯恐

小丑也要

排出粪便

多写点女孩儿没有过错

她是，我要的

模特儿

我审美中的

模特儿

她没有电线杆那么高

也没有十字架那么

轴。除了她的

头发外

她一身白。

但身上有黑点，仿佛

漆黑的路面

有白点，仿佛

一条壮实的狗身上

既有白点又有

黑点。

多写点女孩儿没有过错 2

有个女孩儿不，有个
女人，她一直
向往羽毛

不是小羽毛的那种
是大羽毛的那种

那种大羽毛
堆砌得多了就像
满房间堆满了
乌云

女人在乌云中
穿来穿去

她一会儿亮

一会儿黑

亮是小羽毛

黑是大羽毛

乌云要给她生个

小宝宝。

多写点女孩儿没有过错 3

鸟儿有无这样的经历？它伸开手
置于前额，它眼望天空，眼看着

乌云已经来了，雨就要
来了。允许它
准备一个行为

它是只穿了胸罩的少女鸟
即便大雨降临
乌云翻滚

它也借着最后的阳光
炫一个。影子

贴在地面

多写点女孩儿没有过错 4

有这样一个设想让我

想了半天，半天也不够

如果一个人的肢体或器官

能够分别去到它该去的地方，当然

从犯罪学来看，这会是碎尸

那与诗歌无关。这样一个设想

是美的，那么

你会把你的手掌

放到哪里去?

你会去拿来山脉，拿来河流

如果你是一只女孩子的

手，你还会得到更加奇怪的东西

比如说。

（对不起，我不说）

歧路

汪洋到了我脸上。我指的
是水，并且有一束光就打着
这边的脸

它是悲伤的，悲伤并且
形成纹路

如果有一张脸是平面的
如果它没有五官
如果它被画，并且

能被用于娱乐。

调查

在一个杂货铺进行

三个人包裹了三块头巾

三个人可能是男人
可能是女人

三个人可能恋爱可能
不恋爱

三个人，做生意是肯定的

三个人，最后死了一个

调查从杂货铺

开始

两颗心

有些人在杀着小鱼

他们集中在一起

我就觉着他们在杀着大鱼

杀着大鱼，我并不害怕

也不觉着是在杀着

我的心

杀着小鱼，他们自己都小心

杀完了他们会耷拉着眼皮

往下看，还有人

会隔着账台

往外看

木关系

请给我解释，抽象感与失败感怎么
才能集于一身，像

我这样？被灯光照耀，你们看着我颓唐
的样子。

而我看不见你们，即便
我傻傻地笑着也

不能退回到墙的
另一边。

长长短短

听

永远都是

隐秘

的

只有

听

才会

诅

咒

了

心脏

不必像大钟那样。

诗会如丧钟

天黑了，你不知道
屋子外面的黑

窗帘拉得很紧，是幕布那种
绿得像雾中的森林

那么就从早晨开始
屋子里必须有女人肥胖的
穿貂皮的那种

屋子里必须有男人瘦小的
像木头的那种

屋子里必须有淫乱血

已溅了镜子

一身。屋子里必须有
朝露，诗人们站了齐齐一排。

牛血流得悄无声息

我把牛，看成云。

牛被宰了

被秀，引起了街头的混乱

这一幕，于我非常不爽

麻雀也说：“于我，也非常不爽！”

由于众神的参与死才得以狂欢

癌症哇噻！谁会为它而写作？

一个魔术手
他不可能不要火

“生命请继续，生命请继续！”

假装的火焰
只从他手指烧开。

一个魔术手
他不可以没有火

佛、上帝，阿门！关闭剧场
停了这场演出。

而且还那么完美

乐趣本身如果是无头的？

我假设了这一命题，就得进行
有头有脑的思索。

人很累，我们习惯了
捉迷藏，但都是些小迷藏

有人指点我宇宙是一个
去处。前往的条件，要读
很多书

宇宙有个洞，像用白纸卷成
吃惯中餐的我们爬进去

没有问题，只是

爬完了又有什么意思

这又回到了

乐趣本身，俗人

在我们身边

太多啦

宇宙也无力

洞悉我能力的人还没死
抑或还没出生

你有机会研究我的诗艺但是
没法和我恋爱了。

帮助你安慰

我要在梦和死亡中找到
我熟悉的活人

那么，他就必须先死
这就未免太苛刻了

我们换个角色，在梦中选择
白色，你会觉得这活儿
做得不太脏

而且它通向死的时候
会找到银河的感觉

生命趴下了，你就好好选择
一个睡觉的姿势。

讲道理

不总是那么幸运，我遭遇的

丑恶比你多得多。

从脚底看，他们只是些

吊死的人群

这个角度让你

有机会

改行。若改变人生

建议你去

游个泳

脱光了的那种

即便在地上，看看

水渍里

也有一个脱光了的。

永恒

失去一天
是我坐着失去的。

我当时想拥有
更多，甚至想到了
过去的
失恋

失恋是人类历史上最甜蜜的
事情，应该是

当我想明白
这一点，失去一天
是必要的

失恋

有这么多人
特别是艺术家赞美
水的崇高

水既能
缝补一切，我把

目前仍残存的
肢体，假设有一双手
一张脸

扔到水里去

它们会相互向往吗？

事实上，这不是假设目前

就有一双手

一张脸

缓慢

世界如果都从最后打开，我也会
看到早晨、看到马路。

我不会矫情地说看到了生机勃勃的确
较长的一段时间里并无生机

死也不是突然苏醒的

不一样

匪夷所思经常都是独自玩的，

亦即各玩各的匪夷所思。

你玩的是沙发，玩成了风暴

我玩佛，玩成了星星

等着去天堂

由于还是白天，我就不想爬出去。

天空只开了小小的一块
梯子对着它已经很久了，由于

还是白天

许多人
都像电线一样
蜷缩在地上

我不像电线
像钉子

但我也没有钉什么。

游戏不负理想

关系，这是我
摸到的。

有实感，具体的物质
尽管我小心翼翼

记起了成年人
对我的爱护

我也成年人了

我最近的触摸
最多的
手

机，让我站立床头

去寻找指甲

包括

游戏。

呆萌好多次分行

一个

巨大的体育场，放了一个

小小的动物

进去

每个人

关心这一事件

的角度不同

动物本身

也有

自己的角度

体育场和人间一样

有白天

也有

星期天

剧场从未空无一人

“跪在舞台中间有个人。”

我说没有这个人跪在舞台中间。

戏剧师坚持说有个人跪在舞台中间。

我不坚持我的观点我同意每天都有这个人
跪在舞台中间。

勇气被一次次鼓励

你见过蛆虫吗？这个问题
被提出后，我整整

想了一夜但我
不知道你想了多长时间

想了一夜的后果
蛆虫变黑了
仿佛一只像苹果的牛

我在早晨
又像狗一样吆喝

吆喝它
回到蛆虫去。

秘密总是基于一点

不想写狠的。也就一根电源线
插到了墙里唯一的

一个插头里；不想

扫除天空，也就几张纸

烧完

灰烬的规模
倒不小

没说生命只说生理

谁对床

不感兴趣

他应该还不能算人。

人的局限性

几乎还没有一个人

试图

脱离床

有一张床摆在你面前

四周

空荡荡

空得像一间宇宙

一间宇宙有多空

你没想过，那

就

想想。

反倒是黑暗越升越高

我在

被光照到的

地方，站立

我想

产生

一个动作

产生一个动作前

必须丈量

这个光的

高度

高度是谁设计的？

它作为

产生一个动作的

条件

已经引起了

不止我一人的

重视。

不吉利的东西赶快掐了

白衣鬼

他会忘了

他活着时遭

遇的各种境遇

“那么，黑衣鬼呢？”

你会问。

我也会问，因为我并不知道

白衣鬼是什么鬼？

中午

我听到

一个词儿

它已在南京

潜伏了

很久

劝诫

一个女人与一只烂苹果放在一起
比较的时候，先不要下你的结论

我会先评估苹果的美丽，假设
苹果本身并不美丽而烂苹果

是美丽的，那你就得
为那个女子傲娇。

花儿

寓言
经常给我们
带来快乐

寓言有一天
变成了月季花，因为

它发现
有一个巨大舞台
的中央，话筒架上插着
月季花

寓言的指引
给月季花

带来了福利，这个

季节她们

都照着

话筒的样子，长

琢磨

她说她
曾在一个空中
悬空，并说无助时
唯一的可能

不知道能否依靠电走出
困境

我在想她在说些什么

同时我联想了电的形态
和功能

她还说电

远离了，近得又像

敬献在面前的

一尊蛋糕

这个说法离我

更远。我愚蠢地认为

奶油已变成白漆

流过她身体

这和电流

击中我，又有

什么关系

天天玩

玩在

地上

就想在

天上。哪怕乘了

火

玩在天上，喜欢

四处蹓跶，宽广的道路

在房顶、山顶、天顶

火车开呀

别钻隧道里

星星亮呀

别尽在黑夜里

所有胡同

通北京。

父与子

儿童被潜藏在一块
黑里，无论如何他仍然还是
抽象的一个

他被一些白色的
线条包裹。
他看上去没心没肺，没有
生殖的

能力，但他懂得恋爱
他看到他父亲的身体时

即便是身后

他也知道他的。

强大……

难堪不已

他们很坏。让一些植物萎缩后
叫我们重温光荣的历史

植物不是搁在一起腐朽的，而
是一根一根悬挂着慢慢萎缩的

萎缩的过程被记录：

有些经不住风；

有些经不起水；

多数都像人们通常所说的，经不起
诱惑。

游移其中

你要找到一个健壮的女子也不是不能够。

首先她的纯美必须符合鱼缸的标准
她在环游之中不能够先被抛弃

如果这个鱼缸被放大为大海那么
我也不建议她过早地
上了海滩。

但又如果她始终在海上漂，你的心

最后会碎掉。

多管闲事

聪明的女人她不和一般人一样见识
她会处理空洞与充实的关系，她

知道一个裸体身披广阔衣衫
带来的舒适同样是广阔的。

由此就带来了她心灵的变化
一支粉笔她能见到白云，也能
见到蓝天。

当然，她双手合一如果作一祈祷
如果褪下巨大的衣衫这种结果

可能更见效。

肾有多好

先取了标题，我想
照着美好的事物画副肾。

照着太阳画
这是大白天的想法

照着月亮画
这是明月夜的想法

太阳很长时间没有了
我把太阳画成了瓜

月亮也很长时间没有了
我也把月亮画成了瓜

有个女孩是认识肾的

她说："你是医生吗？你画的

肾有多好！"

讨论但不争论

有一种空洞被夸张地描述了，表面看
它的确很丰满，但它被视为

苍白。

我不讳言，这是不同的人在描述

乳房。

所有与自然接洽的身体，乳房成为
最挑逗的部分，不说阳光
即便一个蹩脚的灯光师
他也知道

在乳房上寻找灵感。

他有一些下流的愿望，但无论

如何！他不同意

苍白这个词

吃饭也会胡思乱想

在多少种情况下，我的反映
是强烈的？

我会看到粮食
许多人食用的粮食，竟然

仅是一枚蜡烛
它唯一的火苗永远
慢慢烧

我也会看到一只碗，可它却是
一座山，火山。它也会烧
但更会炸，它还会

炸伤我的脸，一张脸
至少变成三个人
的脸。

神父和师父不一样

经常看到诸如
神父的罪恶
这些词或
句子

总觉得他们的罪恶
会否更黑点
更高级点

身边没有神父，社会就缺了
一类娱乐，如果模拟

我也只能把自己
打扮得

戴了墨镜、留了胡须

(只能算没有剃须)

但究竟

穿什么制服我得去

好好找一个

师父

掉到水里爬到树上很容易

昨晚我谈起乌镇，又因为了戏剧。

能建立一个草剧场或草舞台吗？仿佛你们的
水剧场。水

只要从草中穿过，不宽的那种
它在草中的颜色要求深绿，比草更黑些

光线勾出草堆、草滩、草原的边缘
大片的草呀，还有些碎屑
后面会用

我带来的人物全是裸体，它们脱光了
才能与动物亲近

它们脱光了，身上也才能

长草。

有人注意到我指出的是它们，的确

就是一些戏剧的裸体

至于故事，我现在还不想说。

噩梦或是美梦，仍然热衷于象征主义审美

在一个时间点上发生了以下这些事情：

外面天冷了（适用于以下各条）早起的人
并不用眼睛对接窗外，她们微亮的心
先凉了半截

一棵树已经被刮向了另一棵树。天冷
并且还有大风

云被吹开，像一望无际的沙漠

小动物躲在大动物里，大动物却不知道怎么躲

没有人缅怀树叶。树叶，反倒想念人类了

儿子和他的朋友聚合在一起，协商如何击败
失败的情绪

他们夸张着，模拟水手砍断缆绳，挥斧解除自己
与现实的联系，他们砍啊、砍啊！

无关的人们包围起栅栏，灰矮矮的一圈，神
在中间是戏剧的主人公，床单有如白色的神
灵，牛逼地飘扬在中间

有马儿坐着雪橇来吗？

（以上是一个时间点，是冬天但不全是早晨。）

2014年11月30日深夜

北京大风。

据说，被风刮倒
的建筑或建筑
的一部分

已经砸死了人。

我下楼，与风无甚关系
到七层时一条狗
狼犬，和它的
主人进了电梯也
下楼

狗在北京大风时
还要冲进大风，这
一定与风有甚
关系！它

引起了
我的不安

很快，我发现
另一只狼狗也被它的主人
牵着，穿过了善缘街

它们将在风中见面。

2014年11月30日又

在北京，我遭遇到大风
竟然都在善缘街

一切正合我意

魔鬼与美人总得撕逼

但我并非说大风即魔鬼。

我参观了烟叶工厂

人的身体内部与外部世界
究竟有无联系？譬如

我们说，人的肺就像一片叶子。

就我所知树叶
是拒绝这个比喻的

我说我的大脑是葡萄
就会有人吃了我

你的肺上长满了知识
你肯定不属于树叶，当然

叶子不止一种。

电脑也有青春期

说到屋脊有个要命的思维
总会让他联系到世界屋脊

我说："没关系，你个傻鸟！"

真是个傻鸟。"就一只傻鸟，就是
飞不过去！"他说，"人辛苦了
尿床都不行。"

"脊，就是些脊椎。

轻松点，装着尿，当然飞不动。"

"不是，我青春期了！"

一眼望到底

“仇恨是一双封闭的眼睛”，
一个土逼如是说。

鼓掌！但全本假惺惺！

我说算了让我们来帮助它
帮它去了眼屎帮它上
眼粉，让眼角飞扬
美化些金粉

金粉当中偶然闪现
有金星，由此

我想仇恨这厮眼睛要睁了……

另一个结果不是你要的

但它偏偏来到我身边：

这厮眼睛里看到的我同样

是一土逼

仙女儿下凡

这个冬天、的确、比过去的
冬天要灰、要差劲得多

我可以一个下午怅惘地紧盯着天上看

天上不能掉下什么这是我早就知道的

而我现在知道天上真能掉下点什么：

有三根彩绳晃晃悠悠下来了，一根被绷得紧紧
说明下面有重物；另两根始终晃晃悠悠说明
下面无重物。

红唇故事

从一个人的嘴里流出牛奶尽管
说得不明不白但还是可信的

从一只狗的嘴里流出牛奶

从一只鸡的嘴里流出牛奶

从一只鹦鹉的嘴里流出牛奶
我们似乎都不信

白色的液体从嘴里流出来
我们从小就把它视为牛奶

中孝介

不管你有多忧郁，也得

下班回家。

我们描述你的忧郁

只能说天色一黑、再黑

你走在海边

三两人

渐渐地

也看不见了你。

搞定

搞定是一个普通词汇
我不会因为没有搞定就
无法抵达真理

(语言并非
在你思想后
产生)

就像罗丹不是
先搞定了雕塑再脱光的

虽然这雕塑
奇丑无比。今天的女子
谁还有这样的
胃口呢?

描述

有一排

猫建筑

不是黑色的那种

是白色的那种

猫建筑！不是猫住的那种

是像猫的那种。

再有，猫建筑

是停着的那种不是

要蹿起的

那种。

丙烯

淫秽经常是端坐着的但不至于正襟危坐。

它身后的七八张座椅没有一张是相同的，
颜色、高低、舒适度都不尽相同。

大家都喜欢这样的房间。

敌视

敌视有很多种表现形态
拿枪的是一种

许多鸟密密麻麻地拥挤在一根
电线上，只看一只鸟飞翔
也是一种敌视

练习厅里有几十个舞者
眼睛冷冰冰

照得地上都是冰凉的。

蓝光

如何把两首诗叠在一起写
我试着先写了一个灰的
又写了一个黑的

这么说又太像绘画
我是说要把两首诗叠在一起写
那么我就先写混凝土
再写混蛋

我也可以先写蒙娜丽莎
再写胶布

你们都说我玩了文字游戏
为何不说周亚平。

宽沟

今天我出城
去找一个女巫！

我怎么可能去找一个女巫呢？

就是一个向北去
到宽沟去，连长城也没看
把事先积压的词
赞美了

农村生活。

女巫就是一顶帽子
帽子是用来盛鸟屎的

白色的鸟屎

多像宽沟。

香奈儿

小杨小顾小宗小 K 和小 F
对宽沟的景色都情有独钟

他们造访了一户法国人家
由于天冷法国人回国了
唐大姐自告奋勇说她认识吴大姐
可以让吴大姐开了门
大家进去看看

吴大姐是安徽人
唐大姐也是安徽人

吴大姐是法国人家的保姆
唐大姐把门敲开后

好几遍拥抱了吴大姐她说吴大姐

会俄语懂法语特别是她做的

法餐好吃极了、好吃极了

唐大姐还一个劲地问吴大姐

大姐你快结婚了吗大姐你快结婚了吗

唐大姐实际上是在告诉朋友们

吴大姐虽然年过六旬

但就快结婚了

取故事

“美好故事一大箩”这是我昨天说的话。

由于天干今天故事少一些。

我是在故事中活着的人所以我会自觉补充些
故事。我有一个剧场的门，轻易不打开

打开的先决条件是除了门的部分
都是黑的，黑幕、黑场、黑的情境

这时候门才会凸显。我邀约你“请进”你

却不进。你为这扇门
所迷惑“这扇门是叫奇怪还是叫

奇怪”简直

奇怪死了

致龌龊司机

几年中我想为龌龊司机写的故事一直没出手。

今年冬天天寒地冻如果再不写嘴巴

也会冻住。

那就取个暴力故事它在冬天是可以取暖的

因为击打人们会听到自己嘭嘭的心跳

“嘭嘭”这就选择了拳击。

但我一直不认为拳击运动是为勇气而战

它如果是为妓女而战，

这个故事会更好。

果戈理果戈不分

像包扎一枚头颅一样包扎
一只猪
一颗桃子
一个猩猩球（抱歉
我就想到了这些。）

像给这枚头颅扎针一样
给桃子、猪扎针

我们长期讨论
灵魂的问题

我注意到，被针扎过的
绷带已

经

很脏了。

我想让我的肤浅被杀死

是我先发现了它不是马是驴子的

是我先发现了它下颏上长着些灰白胡须的

是我先发现了它喉结处紧贴了丝绸般的皮毛

是我先发现了它不是一头公驴而是一头母驴的

二流子的礼帽里藏着火焰

从爆米花开始
一些人喜欢上了爆破。一些人中的

一些人最后如愿以偿
当上了爆破手。

爆破手一身黑衣，戴耳环
像正宗的二流子（但）

是英雄！

他们习惯无色的环境
好把彩色炸得粉碎

他们炸完了世界还习惯摊开双手

“看，什么也没有！”

爆破手真是

地球上

正宗的二流子。

野百合也有春天

理发店在我心中是最基层的
组织，由于事关头发又是
最为重要的组织

我理发的时间从习惯的一个月
改变成了二十天、半个月
现在每隔一周就必须理发了
我理过八十块的头
现在理一次七元

春蕾理发店离我家不远
穿过了彩和坊，路南就是。
它的门前有个自行车铺
师傅是光头的但是脖子上

文了两个字：“春蕾”

师傅与理发店有甚关系
成为我每次去理发考察的
重点。年轻的老板娘有三个
姿势似乎常年不变：

一埋头在账台上打手机
二埋头在其他地方打手机
三仰着，听音乐。任凭小伙计
反反复复清洗她的绿头发

她不在乎客人等多久。

联想到韩国的明洞

最近贪玩，我想
把玩变成生活的主流。

冬天贪玩能玩什么
我没有励志的打算所以
不可能去溜冰
尽管我在北京从来
未在某处溜过冰。

那就必须钻到暖气中去
海淀中街路口的暖气管出了
问题，进入冬天以来
地面一个劲地冒气
我在那儿拍过照，夜深的

那几张像电影

当然我不是
想钻进暖气管中我
深思熟虑之后还是去到了
新中关，装出一副
吊儿郎当的样子（去一个
商场竟要深思熟虑
还要吊儿郎当真不是
一个玩主）

新中关的确很暖
女学生又多大多是附近
北大人大的我不敢说

她们漂亮但据观察

她们是爱美的

在一个店铺前

我做了一个无聊的统计

有一件黑色的毛领短装被

二十四个女孩试穿后

一个长得像韩国人的女生把它

穿走了

（她走了，我也走了。）

图书在版编目（CIP）数据

致龌龊司机 / 周亚平著. —重庆：重庆大学出版社，2015.4

（新陆诗丛. 中国卷）

ISBN 978-7-5624-8895-8

Ⅰ. ①致…　Ⅱ. ①周…　Ⅲ. ①诗集-中国-当代

Ⅳ. ①I227

中国版本图书馆CIP数据核字（2015）第057785号

楚尘文化

官方微博：楚尘文化

公众微信：ccbooks

致龌龊司机

zhi wochuo siji

周亚平　著

责任编辑　郝志坚　江　汀

装帧设计　陆智昌

重庆大学出版社出版发行

出版人　邓晓益

社址　（401331）重庆市沙坪坝区大学城西路21号

网址　http://www.cqup.com.cn

印刷　北京联兴盛业印刷股份有限公司

开本：787×1092　1/32　印张：7.5　字数：98千　印数：1-3000

2015年4月第1版　2015年4月第1次印刷

ISBN 978-7-5624-8895-8　定价：36.00元
